Amor de pelo

Para las hijas que nunca crecen demasiado para dejar de necesitar la ayuda de un padre
y los padres a los que les gusta ayudar.
—M. C.

Para mi padre y su gran talento para trenzar.
—V. H.

Kokila
An imprint of Penguin Random House LLC, New York

First published in the United States of America by Kokila, an imprint of Penguin Random House LLC, 2019

Visit us online at penguinrandomhouse.com.

Library of Congress Cataloging-in-Publication Data is available.

Manufactured in China
ISBN 9780593354773
1 3 5 7 9 10 8 6 4 2

Design by Jasmin Rubero
Text set in Carre Noir Pro

El arte de este libro se creó de forma digital.

Amor de pelo

Matthew A. Cherry ✳ ilustrado por Vashti Harrison

Kokila

Me llamo Zuri y tengo un pelo que tiene vida propia.
Se enrolla, se riza y se dobla de todas las formas posibles.

Papá me dice que es precioso.
Eso me hace sentir orgullosa.
¡Me encanta que mi pelo
me permite ser quien soy!

Con trenzas y cuentas *funky*,
soy una princesa.

Y cuando me peino con dos moños,
vuelo por encima de las nubes como un superhéroe.

Mi pelo hasta puede hacer magia.
Un día, Rocky y yo estábamos jugando
afuera cuando de repente empezó
a llover.

Pasó de grande a pequeño
¡en un instante!

¡No hay nada que mi pelo no pueda hacer!

Esta mañana me desperté muy temprano.
Estaba demasiado emocionada para dormir.
¡Hoy es un día muy importante!

Papá todavía estaba dormido.

—Shh —le dije a Rocky mientras
pasamos de puntillas junto a él.
¡Últimamente papá está agotado!

Me hace el desayuno, me
lleva a la escuela,
va al trabajo, me recoge,
y ayer fuimos a pasear
en bicicleta alrededor del
parque.

Creo que necesita
un descanso.

Hoy es un día especial y
por eso quiero que
mi peinado sea perfecto.
Necesito ayuda
profesional.

—¡No toques, Rocky!

Papá escuchó el ruido.
—Zuri, ¿qué fue eso? —preguntó.

—Solo estaba intentando ayudar —respondí. Papá sonrió.

—¿Puedo ayudar yo también? —preguntó—. Será fácil, Zuzu.

El primer peinado: NI HABLAR.

El segundo peinado no salió mejor.

—No, papá.

Luego papá intentó peinarme el pelo
hacia atrás y ponérmelo en dos moños.

—¡Ay! —gritó papá.

—Espera un minuto —dijo papá.
Metió la mano en un cajón y sacó una peineta.

—¡Ta-ra!

—¿En serio, papá?

—Ya vuelvo —me prometió.

—¿Qué te parece ahora? —me preguntó
mientras me ponía un gorro que me
cubría los ojos.

—Ya basta, papá, bien sabes que
podemos hacerlo mejor —le dije—.

Hoy necesito que mi peinado sea especial.

—No te preocupes —me dijo—.
Vamos a encontrar una solución.

Entonces se me ocurrió una idea maravillosa.

Papá encontró todo lo que necesitábamos. ¡Estábamos listos!

Papá observó con cuidado...

agarró mi pelo y lo peinó,

lo dividió, le echó aceite
y lo enrolló.

¡Le quedó genial!

¡Pelo con moños *funky*!

Muy bonito y muy divertido.

¡A Rocky también le gustó!

CLIC

Me puse mi capa de superhéroe para darle el toque final a mi *look* perfecto.

—¿Dónde está mi Zuzu? —Escuché la voz de Mamá desde la puerta.
Estaba entrando a casa lo más rápido posible.

—¡Mamá!

—¡Eres la superchica más bonita
que jamás haya visto! —me dijo.

BIENVENIDA A CASA MAMÁ

—Y tu peinado está precioso, Zuri. ¿Quién te lo hizo?

Miré a papá con una sonrisa radiante.

Mamá sonrió. —Muy lindo.

—¡Gracias! Aprendimos de la mejor —dijo papá dándole un gran abrazo.

Mi pelo somos mamá, papá y yo.
Es amor de pelo.